宋词之美

编者

　　"词"作为一种文学体裁，为诗的别体。它萌芽于南朝、兴起于隋唐，鼎盛于宋朝，就有了"宋词"一说。在中国文学史上，唐诗宋词犹如两驾齐驱的华丽马车，奇光异彩；又如两座并肩耸峙的奇伟山峰，不可绕过。它们各尽其美各臻其盛，并称"双绝"。

　　我们接触宋词，想要真正读懂其中落英缤纷、曲径通幽的慨叹与寄托、情怀与体验，必先了解一番宋朝这一时代的风雨忧患与风云突变，文学与时代从来都是互为观照彼此应和的。

　　综观之下，宋朝是个相当奇妙的王朝。一方面，宋朝政治开明、重文抑武，理学出现儒学繁荣，堪称文化盛世，可谓中国的"文艺复兴"，以致文豪辈出词人甚众，一些没有政治野心或者仕途落拓的文人学士还可以优雅转个身，回归闲庭深院，饮酒宴乐填词作歌，是为"婉约"，代表人物如晏几道、柳永、姜夔等。另一方面，国家外患不断，边境祸乱纷起，而政权软弱一味求和，澶渊之盟后又有靖康之耻，继而建炎南渡却又频频北顾，其间的大起大落、漂泊与战火催生了诸多北伐名将，也湮灭了如许报国理想，宋词中开始渗入铿锵悲壮的雄浑之音，范仲淹、岳飞、陆游的笔下纷纷流露出去国怀乡之愁，壮怀激烈之恨，称为"豪放"。更加之王位嬗替、变革之乱、派系之争种种因素的参与，就有了宦海沉浮、枯荣无定、瞬息宠辱的轮回流转，欧阳修、王安石、苏东坡、秦观、辛弃疾等食禄阶层的长短句中就添加了千古江山的迷恋、仕途崎岖的哀怆、山遥水阔的迷惘、壮志难酬的苍凉。

　　而具体论及每一位词家，他们的作品亦往往气质复杂，天马行空行云无迹，自由切换难以定性。比如辛弃疾，"唤取红巾翠袖"，为的却是"揾英雄泪"；比如苏东坡，此刻"小轩窗，正梳妆"，忽而又"左牵黄，右擎苍"了！他们有时"爱上层楼"，也会"欲说还休"；有时全凭"天赋与轻狂"，顺口拈来"应是绿肥红瘦"这样的神来之笔，有时却靠"寻寻觅觅"，仔细推敲出"雾失楼台，月迷津渡"的奇巧工丽。

他们壮心不已，也会困于情伤，比如陆游，终身向往"当年万里觅封侯"的戎马生涯，也不得不独对"山盟虽在，锦书难托"的情感失落。他们惯于浪迹烟花柳巷，却不时也把功名仰望，比如柳永，从来"且恁偎红倚翠，风流事，平生畅"，却也心有戚戚地不忘自嘲"才子词人，自是白衣卿相"。甚至于女性词人李清照，也并非一味在婉约中"薄雾浓云愁永昼"的，而是同样具有家国理想，一样怀揣"九万里风鹏正举"的胸襟抱负。正是这些变幻莫测、游弋无定的迷离气质织就了宋词的缭乱美感，非常耐人寻味，值得深入研读。

唐诗可以用"好"来形容，宋词则担当起"美"的职责。在晨雨淅沥的清早、岁月静好的午后、烟霭纷纷的黄昏、清风凉月的夜晚，就让我们随时随地一起诵读宋词吧。伴着这些或狂浪或绮怨或辽阔或幽暗、有时惆怅有时酣畅有时通脱有时纠结、此刻繁盛过眼空寒、曾经失意依然期盼的款款曲目，穿梭往返于那个军事羸弱却文艺喧嚣的矛盾世代，咂摸把玩那些重臣名将的壮志未酬、官场宦游的伤怀离苦、文人雅士的闲愁清欢、闺中贵妇的寂寞难遣以及歌女舞姬的零落哀怨吧。上至皇室贵胄以至微官末吏再至市井小民，各个阶层都曾依托宋词发出了切切心声。宋词犹如一碗营养丰富的杂汤乱炖，人性的繁复亮光、生活的琐碎庸常、世相的美好与荒凉尽在其中！

　　而读诗诵词要趁早。当我们一一去抚触、去揣摩、去体认、去感受词章中生而为人的喜悦与凄惘、国家社稷的忧患与沧桑、个人实现的挫折与希望时，凡此种种文学体验对正处于人生观、价值观初初建立阶段的少年儿童来说，绝对是一笔极其宝贵的精神财富与心理铺垫。并且，少年时曾经背下的句子往往记得最牢，终身不忘，然后，于不经意间对一生的言行认知产生微妙影响。《读给孩子的宋词》就是基于这一目标，从篇目浩繁的各种宋词辞典与译注中精心遴选，专门为广大少年儿童读者编写整理而成的。它力争励志与抒情并蓄，复杂与轻简兼容，做到既照顾孩子们的理解与接受，又务必保持选本的客观与代表性。

　　此刻，宋词就在这里，在你手中。这是一场跨越千年的奇妙邂逅，一如"金风玉露一相逢"。非常美的宋词期待你一场非常美的阅读。它心心念念，要带给你一份非常美的心情。

　　谢谢！

2018 年 10 月

目录

木兰花·城上风光莺语乱

钱惟演

城上风光莺语乱，

城下烟波春拍岸。

绿杨芳草几时休，

泪眼愁肠先已断。

情怀渐觉成衰晚，

鸾镜朱颜惊暗换。

昔年多病厌芳尊，

今日芳尊惟恐浅。

《木兰花·城上风光莺语乱》

城上风光正好，莺啼燕啭。

城下烟波渺渺，春水轻拍堤岸。

放眼望去，杨柳青青，芳草萋萋，绵延无绝，

而我愁怀郁结，泪眼茫茫，肝肠欲断。

不知不觉间，往日情怀衰微，渐浅渐淡。

揽镜自照，蓦然发觉曾经的明媚鲜妍也早被偷换。

以往体弱多病不喜饮酒，

而今全凭醉里贪欢，唯恐酒杯斟得不满。

渔家傲·秋思

范仲淹

塞下秋来风景异，

衡阳雁去无留意。

四面边声连角起，

千嶂里，长烟落日孤城闭。

浊酒一杯家万里，

燕然未勒归无计。

羌管悠悠霜满地，

人不寐，将军白发征夫泪。

《渔家傲·秋思》

赏析

每当秋来，边塞气象萧瑟，风光景物和中原更加不同。

雁阵嘶鸣南飞衡阳，丝毫没有留恋之意。

边城的号角从四面八方悠悠响起，关山千重，狼烟直上，
落日熔金，孤城紧闭。

饮下一杯浊酒，念起家乡遥在万里。

战事未平，功名未立，远远未能荣归故里。

不知是谁吹响了羌笛，哀婉凄绝，伴着满地寒霜，如诉如泣。

长夜难眠，将军悄悄滋生了白发，士兵也是泪眼迷离。

苏幕遮·怀旧

范仲淹

碧云天，黄叶地，

秋色连波，波上寒烟翠。

山映斜阳天接水，

芳草无情，更在斜阳外。

黯乡魂，追旅思，

夜夜除非，好梦留人睡。

明月楼高休独倚，

酒入愁肠，化作相思泪。

《苏幕遮·怀旧》

赏析

碧空之下，黄叶满地，

秋色无边，和秋水氤氲一气，袅袅寒烟仿佛滴翠。

斜阳映射远山，晴空连接碧水，

而芳草不谙情为何物，它们兀自蔓延，直至天际。

遥想故乡，黯然神伤。天涯羁旅，不成追忆。

夜夜思绪辗转，只求能得片刻好梦，与你相聚。

明月朗照之时更加不宜高楼独倚，

醇酒注入愁肠，点点滴滴，丝丝缕缕，全都化作了相思

血泪！

一丛花令·伤高怀远几时穷

张先

伤高怀远几时穷？

无物似情浓。

离愁正引千丝乱，

更东陌、飞絮蒙蒙。

嘶骑渐遥，征尘不断，

何处认郎踪！

双鸳池沼水溶溶，

南北小桡通。

梯横画阁黄昏后，

又还是、斜月帘栊。

沉恨细思，不如桃杏，

犹解嫁东风。

《一丛花令·伤高怀远几时穷》

独登高楼，所念在远，离愁怀苦如影随形，何时才是个尽头？

世间万般，真是没有什么浓得过相思情愁。

离愁一如柳枝，纷披缭乱，更何况东陌之上，还有飞絮蒙蒙。

心上人的骏马渐行渐远，早已听不见马声嘶鸣，这一路风尘滚滚飞烟弥漫，该如何辨识情郎的行踪？

鸳鸯成双池中嬉戏，春水溶溶，小船儿闲适地往来其中。

怀念当日，黄昏时分那人拾梯而上，我们相偎画阁，看暮色四合，珠帘外月色朦胧。

而今细细思量，离愁别恨难以排遣，真真不如化作桃杏，还得以随风缱绻，轻舞飞扬，及时地，嫁给东风！

天仙子·水调数声持酒听

张先

水调数声持酒听，

午醉醒来愁未醒。

送春春去几时回？

临晚镜，伤流景，

往事后期空记省。

沙上并禽池上暝，

云破月来花弄影。

重重帘幕密遮灯，

风不定，人初静，

明日落红应满径。

《天仙子·水调数声持酒听》

赏析

《水调》的曲声幽幽传来，端着酒杯，细细聆听。

午睡之后，酒都已醒，心中愁情却迟迟徘徊，难以赶走。

年华易逝，春色总是消亡得太过仓促。

想要再见韶光如许，尚不知要期待到什么时候。

黄昏揽镜自照，感叹流年一如春水，纷纷退后。

所有往事都如云烟，消逝之后，空劳挂怀，不堪回眸。

池水边鸳鸯双栖双宿，云影浮游无定。

月色皎洁，银波乍泄，

园中花草沉醉于舞弄自己俏生生的姿影。

帘幕重重，遮掩着室内的灯火如萤。

晚风吹拂，人声初定。

一夜风声趋紧，明早醒来，千万落花定然铺满了园中小径。

浣溪沙·一曲新词酒一杯

晏殊

一曲新词酒一杯，
去年天气旧亭台。
夕阳西下几时回？

无可奈何花落去，
似曾相识燕归来。
小园香径独徘徊。

《浣溪沙·一曲新词酒一杯》

赏析

听着一曲新歌品尝一杯美酒，

还是去年一样的天气，旧时的亭台楼阁。

而夕阳西沉，几时得以回转呢？

无可奈何中，坐看落花凋零。

似曾相识下，旧燕如期归来。

我就这么，独自徘徊在幽静的小园、幽香的花径中。

浣溪沙·一向年光有限身

晏殊

一向年光有限身，

等闲离别易销魂，

酒筵歌席莫辞频。

满目山河空念远，

落花风雨更伤春，

不如怜取眼前人。

《浣溪沙·一向年光有限身》

时光短促，生命有限，世事无常，匆匆之间已然消磨殆尽，

就算稀松平常的分离与告别也不免惹人黯然销魂。

既然如此，不如对酒当歌及时行乐吧，

不要再抱怨推杯换盏的欢场笙歌太过频密。

放眼山河，会怀念遥不可及的旧事故人。

雨打落花，会生起春光不再的感伤哀恨。

倒不如贪欢当下，好好疼惜此刻身畔的人。

蝶恋花·槛菊愁烟兰泣露

晏殊

槛菊愁烟兰泣露，

罗幕轻寒，

燕子双飞去。

明月不谙离恨苦，

斜光到晓穿朱户。

昨夜西风凋碧树，

独上高楼，

望尽天涯路。

欲寄彩笺兼尺素，

山长水阔知何处！

《蝶恋花·槛菊愁烟兰泣露》

赏析

庭圃栅栏内，菊花缭绕轻雾，脉脉含愁，兰花凝结露珠，似在哀哭。

翦翦轻寒穿透绫罗帘幕，一双燕子翩然飞走。

明月不懂离情别苦，只管挥洒着清冽银波，穿映于深庭广院，直至天明。

昨夜西风劲吹，凋零了碧绿的树木。

独自登上高楼，骋目远送，望到天涯尽处。

想要寄去书信把思念倾诉，但山路迢遥，水波浩渺，怎知你人在何处！

木兰花·绿杨芳草长亭路

晏殊

绿杨芳草长亭路，

年少抛人容易去。

楼头残梦五更钟，

花底离愁三月雨。

无情不似多情苦，

一寸还成千万缕。

天涯地角有穷时，

只有相思无尽处。

《木兰花·绿杨芳草长亭路》

赏 析

长亭古道，绿杨婆娑，芳草凄迷。

青葱岁月转瞬即逝，不着痕迹。

高楼之上，一点残梦伴着五更的钟声，就这么醒了。

春花之下，离愁萦乱，淅淅沥沥，一如三月的暮雨。

若能做到心肠冷硬，就不会饱受多情之苦了。

一寸念想在不停揣摩酝酿下竟衍生成千丝万缕。

就算天涯之遥海角之远也终究有个尽头，但这满腹相思却

绵绵无绝，永远看不到止期。

踏莎行·小径红稀

晏殊

小径红稀，芳郊绿遍。

高台树色阴阴见。

春风不解禁杨花，

蒙蒙乱扑行人面。

翠叶藏莺，朱帘隔燕。

炉香静逐游丝转。

一场愁梦酒醒时，

斜阳却照深深院。

《踏莎行·小径红稀》

赏析

花期已过，园中小径上落红渐次稀疏。

而绿意盛大，染遍了广袤郊野。

浓荫遮掩下，高台楼阁隐约可见。

是春风不懂得管束柳絮杨花吗？

任由它们迷迷蒙蒙地，轻轻扑打行人脸面。

莺啼婉转，嬉戏于翠枝茂叶之间。

燕子低徊，翻飞在红色帘栊之外。

炉香清雅，静静升腾着，游丝一般袅袅流转。

愁梦醒来时，酒也都醒了，正有一抹残阳，照映在深深庭院。

木兰花·东城渐觉风光好

宋祁

东城渐觉风光好，

縠皱波纹迎客棹。

绿杨烟外晓寒轻，

红杏枝头春意闹。

浮生长恨欢娱少，

肯爱千金轻一笑。

为君持酒劝斜阳，

且向花间留晚照。

赏析

东城的风光日渐美好。湖面泛起绉纱一般轻透的涟漪，迎接游人的客船来到。

绿树含烟，似乎还凝结着漠漠晓寒，红杏盛开，枝头早已雀跃春天的喧闹。

人生如寄，恍若漂萍，总是惆怅欢娱太少。

怎肯宁愿守着千金，却不抛掷以博美人一声轻笑？

为你，我端起酒樽对夕阳，想要挽留黄昏的天光耽溺片刻，好把眼下这花花草草再逐一照耀。

采桑子·群芳过后西湖好

欧阳修

群芳过后西湖好，

狼籍残红，

飞絮濛濛，

垂柳阑干尽日风。

笙歌散尽游人去，

始觉春空。

垂下帘栊，

双燕归来细雨中。

《采桑子·群芳过后西湖好》

赏析

百花凋谢之后，西湖的景致别有一番美好。

落英缤纷，残红满地，飞絮迷蒙。

垂柳风中轻拂，不厌其烦地，一遍一遍，以婆娑枝条将栏杆抚触。

笙歌终了，欢宴散尽，游人也都离去，西湖沉浸于一派空寂中，这才发觉春天也行将结束。

悄悄伫立片刻，享受这份安宁，看见一双燕子细雨中翩飞而来，归于巢中，我才静静放下了帘栊。

采桑子·轻舟短棹西湖好

欧阳修

轻舟短棹西湖好，

绿水逶迤，

芳草长堤，

隐隐笙歌处处随。

无风水面琉璃滑，

不觉船移，

微动涟漪，

惊起沙禽掠岸飞。

赏析

驾着轻舟，划着短棹，西湖风光真是无限美好。

绿水曲折绵长，芳草铺满长提，

风中传来隐约的笙歌，一路将我们追随。

水面无风，澄静光滑，好似琉璃。

没感觉船儿在走，只看见涟漪轻动。

桨过之处，水鸟惊起，掠过沙岸，低低翻飞。

踏莎行·候馆梅残

欧阳修

候馆梅残，溪桥柳细。

草薰风暖摇征辔。

离愁渐远渐无穷，迢迢不断如春水。

寸寸柔肠，盈盈粉泪。

楼高莫近危阑倚。

平芜尽处是春山，行人更在春山外。

《踏莎行·候馆梅残》

赏析

客舍院中的梅花已经凋残，小溪桥上的嫩柳枝叶纤细。

春风和暖，夹杂青草的微醺香气。

辞行的人已经上马，却不时回望，不停摇动手里的征辔。

渐行渐远中，离愁渐渐拉长，来路无穷，去程无尽，好比身畔这绵延的春水。

寸寸柔肠牵绊，盈盈粉泪流离。

就不要独上高楼，凭栏望远了，平坦的原野尽头看得见春山，而那远行的人儿，早已远在春山之外了！

浣溪沙·堤上游人逐画船

欧阳修

堤上游人逐画船，
拍堤春水四垂天。
绿杨楼外出秋千。

白发戴花君莫笑，
六幺催拍盏频传。
人生何处似尊前！

《浣溪沙·堤上游人逐画船》

赏析

堤上游人如织，往来穿梭，和湖中的画船争相竞逐。

春波荡漾，轻拍堤岸，远方水天相衔。

绿杨掩映的楼台边，不时荡出轻盈的秋千。

请不要讥笑白发老者还头簪鲜花吧，我们应和《六幺》曲

的急管繁弦，频频举杯换盏。

人生几何？何事比得过把酒言欢？

蝶恋花·庭院深深深几许

欧阳修

庭院深深深几许，

杨柳堆烟，

帘幕无重数。

玉勒雕鞍游冶处，

楼高不见章台路。

雨横风狂三月暮，

门掩黄昏，

无计留春住。

泪眼问花花不语，

乱红飞过秋千去。

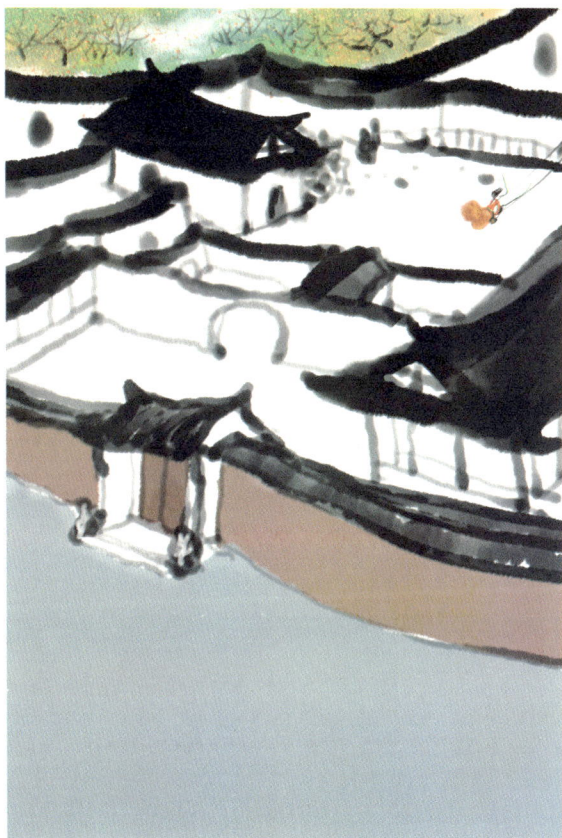

《蝶恋花·庭院深深深几许》

庭院深深，到底幽深寂寞到什么程度？

杨花柳絮飘零，堆积成团团烟雾。

层层帘幕低垂，无从细数。

少年公子们欢场买笑，香车宝马云集章台，

我登上高楼，目之所及，依然望不见他的游乐之处。

三月的黄昏，风狂雨横，重门将暮色遮挡在外，

却无从挽留春光消逝的脚步。

对花垂泪，问花儿可能体会我的心情？

花儿只是沉默，但见片片残红飘飞到秋千那边去了。

蝶恋花·谁道闲情抛弃久

欧阳修

谁道闲情抛弃久，
每到春来，惆怅还依旧。
日日花前常病酒，
不辞镜里朱颜瘦。

河畔青芜堤上柳，
为问新愁，何事年年有。
独立小桥风满袖，
平林新月人归后。

《蝶恋花·谁道闲情抛弃久》

谁说这些闲情愁绪已被抛却良久？

每当春来，内心的惆怅总还依旧。

日复一日流连花间，宿醉难醒。

不去管它，镜中容颜日渐憔悴、不断消瘦。

堤上杨柳依依，河畔芳草葱茏。

且问一问近来新生的愁怀，到底所为何事，年年总不消停？

独立小桥之上，任凭夜风灌满衣袖。

一钩弯月清冷地映照平林，在人离开之后。

木兰花·别后不知君远近

欧阳修

别后不知君远近，

触目凄凉多少闷。

渐行渐远渐无书，

水阔鱼沉何处问？

夜深风竹敲秋韵，

万叶千声皆是恨。

故敧单枕梦中寻，

梦又不成灯又烬。

《木兰花·别后不知君远近》

离别之后，不知你踪迹何处。

触目所见尽是凄凉，内心积满无从排解的愁闷。

你越走越远，书信渐疏，直至没了音讯。

鱼儿深潜，水面无垠，我又该怎样打听到你的消息？

夜色深沉，风吹竹林，飒飒作响，一叶叶，一声声，诉说的都是离愁别恨。

倚着孤枕，想要做个梦儿，好在梦里把你相寻，

无奈辗转反侧难以成眠，寻梦不得，灯也将烬。

浪淘沙·把酒祝东风

欧阳修

把酒祝东风，

且共从容。

垂杨紫陌洛城东。

总是当时携手处，

游遍芳丛。

聚散苦匆匆，

此恨无穷。

今年花胜去年红。

可惜明年花更好，

知与谁同？

《浪淘沙·把酒祝东风》

赏析

端起酒杯对着东风祈祝，且请轻风多做耽留，不要这般来去匆匆。

洛阳城东垂柳披拂的地方，我们曾经携手同游，细细赏遍柳绿花红。

聚散总是太过短暂，心中压抑太多遗憾。

今年花开得比去年还好，明年的花儿应该更加红艳。

但故人何在？我又会与谁一起共看花开？

玉楼春·尊前拟把归期说

欧阳修

尊前拟把归期说，

欲语春容先惨咽。

人生自是有情痴，

此恨不关风与月。

离歌且莫翻新阕，

一曲能教肠寸结。

直须看尽洛城花，

始共春风容易别。

《玉楼春·尊前拟把归期说》

赏析

送别的酒宴中想把归期好好拟定，

话未至唇边，离人却已花容愁惨，言语哽咽。

人生总是容易触景生情感时伤怀，痴缠爱念在所难免，

这样的事情其实和清风明月并无关联。

就不要再唱和一曲新的离歌了，

实在是一首首都听得人愁肠百结。

不如先尽兴地，把洛阳牡丹逐一赏遍，也许方能缓解一些

遗憾，相对从容地，与春风作别！

望江南·江南蝶

欧阳修

江南蝶，斜日一双双。

身似何郎全傅粉，

心如韩寿爱偷香。

天赋与轻狂。

微雨后，薄翅腻烟光。

才伴游蜂来小院，

又随飞絮过东墙。

长是为花忙。

《望江南·江南蝶》

赏析

江南的蝴蝶，成双成对翩翩起舞，沐浴着落日斜阳。

它们貌美堪比何晏、韩受，行止无定，吮花吸蜜，狂野不羁，

恣情放浪。

微雨之后，蝴蝶的轻翼微微润湿，浮泛柔腻的烟色天光。

刚刚随着蜜蜂穿过小院，这又追逐飞絮来到东墙。

始终流连花丛，为花而忙。

朝中措·平山堂

欧阳修

平山栏槛倚晴空，

山色有无中。

手种堂前垂柳，

别来几度春风？

文章太守，

挥毫万字，一饮千钟。

行乐直须年少，

尊前看取衰翁。

《朝中措·平山堂》

赏析

平山堂高高矗立，栏杆之外就是万里晴空。

远方的山色或有或无，一派迷蒙。

曾经亲手在堂前种下垂柳，如今别离经年，不知长势葳蕤否？

我这位擅写文章的太守，提笔就是洋洋洒洒动辄万字，饮酒每每酣畅恣意一喝千盅。

所以年轻人啊，要趁着年华正好及时行乐，且看看我如今已衰老成什么样子了！

雨霖铃·寒蝉凄切

柳永

寒蝉凄切，

对长亭晚，

骤雨初歇。

都门帐饮无绪，

留恋处，兰舟催发。

执手相看泪眼，

竟无语凝噎。

念去去，千里烟波，

暮霭沉沉楚天阔。

《雨霖铃·寒蝉凄切》

多情自古伤离别。

更那堪、冷落清秋节。

今宵酒醒何处，

杨柳岸、晓风残月。

此去经年，

应是良辰好景虚设。

便纵有、千种风情，

更与何人说。

赏析

秋蝉凄切嘶鸣，伫立长亭，天色向晚，一阵急雨刚刚下过。

都门之外设帐饯别，离愁汹涌，哪有心情饮酒作乐？

万般留恋不舍，船夫又在催促启程了。

拉着彼此的手儿不忍放松，满腹情话无从说起，哽咽之中，默默凝视对方含泪的眼波。

想来这一番南去，暮霭深沉，天长水阔，一路只剩迷惘的烟波。

从来是多情之人最怕离别，更何况，正当这清冷萧疏的中秋时节！

今宵酒醒时我已身在何处？

无非是寂寞杨柳岸边，独对细细晨风和寂寞残月。

这一去要分开好多年啊，此后纵有万般良辰、如斯美景全都形同虚设。

心中即使起伏着千种风情，又能与谁共和、向谁述说？

蝶恋花·伫倚危楼风细细

柳永

伫倚危楼风细细，

望极春愁，黯黯生天际。

草色烟光残照里，

无言谁会凭阑意。

拟把疏狂图一醉，

对酒当歌，强乐还无味。

衣带渐宽终不悔，

为伊消得人憔悴。

《蝶恋花·伫倚危楼风细细》

倚在高楼之上眺望远方，轻风细细，搅动春日闲愁，黯淡

却固执地，从天边升起，并且悄悄蔓延开去。

夕阳残照下，芳草含烟，暮色迷离，谁能读懂我的沉默

不语？

想要一醉方休，以期卸载这一身的狂放不羁。

但把着杯盏却是强颜欢笑，毫无意趣。

就这么，在相思煎熬中日渐清瘦也终究不悔，

为了她，我宁愿被消磨得苍白憔悴。

少年游·长安古道马迟迟

柳永

长安古道马迟迟,

高柳乱蝉嘶。

夕阳岛外,秋风原上,

目断四天垂。

归云一去无踪迹,

何处是前期?

狎兴生疏,酒徒萧索,

不似少年时。

《少年游·长安古道马迟迟》

赏析

骑着瘦马，在长安古道缓缓驱行，

高高的柳树上蝉声胡乱嘶鸣。

夕阳消隐在水汀沙渚之外，秋风扫过原野，

视野之所尽，天幕四垂。

云影归去，难觅踪迹，

心中对美好事物的憧憬期待似乎也杳渺无痕。

没有兴致结伴冶游宴饮，酒场欢场的朋友也无意再通消息。

我真是老了吗？再难重拾少年时简简单单的欢乐意趣！

玉蝴蝶·望处雨收云断

柳永

望处雨收云断，

凭阑悄悄，目送秋光。

晚景萧疏，堪动宋玉悲凉。

水风轻、蘋花渐老，

月露冷、梧叶飘黄。遣情伤。

故人何在，烟水茫茫。

难忘，文期酒会，

几孤风月，屡变星霜。

海阔山遥，未知何处是潇湘。

念双燕、难凭远信，

指暮天、空识归航。

黯相望。断鸿声里，立尽斜阳。

《玉蝴蝶·望处雨收云断》

赏析

放眼望处，雨已停歇，云也散尽。我倚凭栏杆，默默迎送萧瑟秋光。天色渐晚，气象寒疏，此情此景，牵惹出昔日宋玉一般的悲秋惆怅。水面轻风细细，蘋花正在凋残，月光寒凉，冷雾凝结，梧桐黄叶纷纷飘坠。满怀情伤难以排遣，遥想故人今在何处？惟见暮色四沉，烟水茫茫。

曾经以文会友，饮宴欢歌，令人难忘。而别去经年，斗转星移，已然辜负了几许风月情怀，错过了多少良辰美景啊。海阔山遥，我心中思念的那人，而今不知生活得怎样？想要拜托双飞的燕子送信，但它们纤弱的翅膀根本载不动我沉重的念想。伫立江边，阅尽千帆，无奈都不是那人归航。形只影单，沐着斜阳，孤雁声声，哀鸣入耳，叫我怎不黯然神伤！

鹤冲天·黄金榜上

柳永

黄金榜上，偶失龙头望。

明代暂遗贤，如何向？

未遂风云便，争不恣狂荡。

何须论得丧？

才子词人，自是白衣卿相。

烟花巷陌，依约丹青屏障。

幸有意中人，堪寻访。

且恁偎红翠，风流事，平生畅。

青春都一晌。

忍把浮名，换了浅斟低唱！

《鹤冲天·黄金榜上》

赏析

黄金榜上未见题名，不过是偶然没能摘得状元罢啦。

即使政治清明的时代，朝廷暂时遗漏一些贤德之才也在所

难免，那么今后我该当如何呢？

既然际遇不佳，不如天马行空恣意狂荡，何苦患得患失，

计较这些名来利往？

作为一个工于词章的风流才子，即使身着白衣，却也堪比

那些公卿将相。

在歌姬居住的地方，摆放着丹青工丽的屏风画幛。

好在我还有红颜知己可以寻访。

就这般彼此依偎，歌舞弹拨，万种风流，百般酣畅。

青春年华向来短暂，匆匆逝去，都在一晌。

狠心且把功名利禄，都换作浅斟淡酒、婉转低唱！

八声甘州·对潇潇暮雨洒江天

柳永

对潇潇暮雨洒江天，一番洗清秋。

渐霜风凄紧，关河冷落，残照当楼。

是处红衰翠减，苒苒物华休。

唯有长江水，无语东流。

不忍登高临远，望故乡渺邈，归思难收。

叹年来踪迹，何事苦淹留？

想佳人妆楼颙望，误几回、天际识归舟。

争知我，倚阑杆处，正恁凝愁！

《八声甘州·对潇潇暮雨洒江天》

赏析

黄昏时分，看眼前潇潇秋雨，洋洋洒洒铺天盖地。

经过一番冷雨的洗涤，秋意更加寒瑟清寂。

风声哀厉，一阵紧似一阵。

斜阳当楼，关山江河寥落凄怆。

放眼所望，花无鲜妍绿叶凋零，昔日的蓬勃生机日渐式微了。只有长江之水默默东流，凝重而浩荡。

不忍心登高眺远，念及故乡迢遥，烟水茫茫，愈发难以收拾这遍地狼藉的归乡之意。

感叹年复一年漂浪在外，究竟所为何事，要这般苦苦淹留、久做耽溺？

想起远方的佳人日夜盼我回去，不知几次三番地，把天边别人的归帆误当作我的回航，平添过多少失落与哀伤？！

她又怎么知道，此时此刻，我正倚着栏杆，心里是同一番凄惘惆怅！

桂枝香·金陵怀古

王安石

登临送目，正故国晚秋，天气初肃。

千里澄江似练，翠峰如簇。

归帆去棹残阳里，背西风，酒旗斜矗。

彩舟云淡，星河鹭起，画图难足。

念往昔，繁华竞逐，叹门外楼头，悲恨相续。

千古凭高对此，谩嗟荣辱。

六朝旧事随流水，但寒烟衰草凝绿。

至今商女，时时犹唱，后庭遗曲。

《桂枝香·金陵怀古》

赏析

登上高处极目远眺，金陵古都正值晚秋季节，萧瑟之意初初显露。

长江澄澈如练，铺陈千里；群峰挺拔峻削，一如箭镞。

夕阳之下，远帆点点，纷纷归航；西风之中，酒旗翻飞，旗杆斜矗。

淡淡云影掩映着烟波画船，翩翩白鹭腾跃于沙汀江渚。

江山如画，其实再工巧的画家也难以描绘出眼前美景。

念及往日，六朝更迭，繁华过眼，享乐无度。

可惜门外楼头，衰亡只在旦夕，哀恨不断重演。

千百年来，迁客骚人总喜凭高怀古，触景生情，其实又何必去空叹那些兴亡荣辱？

且让旧事追逐流水而去吧，且看这接天衰草，枉自拢烟凝绿！

可悲的是歌女不懂亡国之恨，而今仍在弹唱当年的南朝遗曲呢！

临江仙·梦后楼台高锁

晏几道

梦后楼台高锁，

酒醒帘幕低垂。

去年春恨却来时。

落花人独立，

微雨燕双飞。

记得小蘋初见，

两重心字罗衣。

琵琶弦上说相思。

当时明月在，

曾照彩云归。

《临江仙·梦后楼台高锁》

赏析

梦醒之后，楼台朱门深锁；酒醒之时，周身帘幕四垂。

春恨似曾相识，去年来过，今日重袭。

人影在落花间茕然独立，燕子在细雨中双双翩飞。

犹记当日，与小蘋初初相见，她身着罗衣，上面有心心相印的图纹。

她弹拨琵琶，诉说婉转的相思情意。

而今物是人非，唯有明月如昨，曾经抚触她娇俏的身姿，款款而去。

鹧鸪天·彩袖殷勤捧玉钟

晏几道

彩袖殷勤捧玉钟，

当年拚却醉颜红。

舞低杨柳楼心月，

歌尽桃花扇底风。

从别后，忆相逢，

几回魂梦与君同。

今宵剩把银釭照，

犹恐相逢是梦中。

《鹧鸪天·彩袖殷勤捧玉钟》

赏析

当年你身穿彩衣，手捧玉盏殷勤劝酒。

为了不负你一番美意，我开怀畅饮，甘愿醺醉脸红。

轻歌曼舞中，时光不知不觉溜走，直至从楼头照进杨柳树隙间的明月也渐渐消隐了，手摇桃扇的频率缓慢下来，再也撩不动轻风，我们方算尽兴。

自别之后，就盼望再度与你相见，有多少次和你魂魄相牵，做着相同的梦？今宵终于重逢，简直不敢相信美梦成真了。

不禁频频举起烛台，把你细细赏看，确认你真切在前，而不是一场空梦。

蝶恋花·醉别西楼醒不记

晏几道

醉别西楼醒不记，

春梦秋云，聚散真容易。

斜月半窗还少睡，

画屏闲展吴山翠。

衣上酒痕诗里字，

点点行行，总是凄凉意。

红烛自怜无好计，

夜寒空替人垂泪。

《蝶恋花·醉别西楼醒不记》

赏析

醉中作别西楼，醒后全然不记。

前情旧事一如春梦秋云，聚散无常，真是容易。

斜月映入半窗，夜阑人静，我还未能唤起睡意。

闲闲观赏画屏，上面的江南山水，清丽翠碧。

衣襟残留着酒痕，桌案铺陈着当时写下的诗句。

星星点点、字里行间，无不渗透凄凉惆怅之意。

红烛灼灼燃烧，自怜自艾，却没有更好的命运，只能在寂寞寒夜，替别人落下伤情的热泪！

水调歌头·明月几时有

苏轼

丙辰中秋，欢饮达旦，大醉，作此篇，兼怀子由。

明月几时有，把酒问青天。

不知天上宫阙，今夕是何年。

我欲乘风归去，又恐琼楼玉宇，高处不胜寒。

起舞弄清影，何似在人间。

转朱阁，低绮户，照无眠。

不应有恨，何事长向别时圆？

人有悲欢离合，月有阴晴圆缺，此事古难全。

但愿人长久，千里共婵娟。

赏析

丙辰年中秋夜，通宵欢饮，大醉。写下此词，同时怀念子由。

朗朗明月是从什么时候开始出现？我端起酒杯，问向苍天。

不知道天上的琼楼玉宇，此刻又是何月何年？

想要乘御这缕轻风，上到青天漫游一番，又担心人在高处，

周身定然不胜凄寒。哪如身处人间，伴着清辉起舞翩跹？

月光如银，回转于朱红的楼阁，穿射过雕花的窗沿，映照

无眠的我。想来幽幽月色是对绮丽尘世心怀羡恨吗？

——为什么常常在人间离别之际，它偏要示现自身的圆满

喜悦？

人生难免悲欢离合，月亮无非阴晴圆缺，自古如是，从来

是难以周全的。

只能祈愿亲人平安康泰、好好生活，即使相隔千里，也可

共浴这同一段月波。

水龙吟·次韵章质夫杨花词

苏轼

似花还似非花，也无人惜从教坠。

抛家傍路，思量却是，无情有思。

萦损柔肠，困酣娇眼，欲开还闭。

梦随风万里，寻郎去处，又还被莺呼起。

不恨此花飞尽，恨西园、落红难缀。

晓来雨过，遗踪何在？一池萍碎。

春色三分，二分尘土，一分流水。

细看来，不是杨花，点点是离人泪。

《水龙吟·次韵章质夫杨花词》

赏析

像花又不是花儿，随风离枝，纷纷飘落，无人怜惜。

飞絮蒙蒙，期期艾艾，漫卷路边，看似无情之物，再思量下，却别有缠绵之意。

春困醒来，愁绪萦怀，娇眼半闭。想要续个梦儿，好在梦中御风而去，到你身边，无奈莺啼恼人，就这么醒了。

不怨恨杨花已然散尽，怨的是西园之中百花凋残，再难枝头重绽。清晨一阵雨过，芳踪飘零何处？

——它们已化作碎萍，随波逐流而去。

如果把旖旎春色分作三分，其中两分终将零落成泥，一分亦随流水消退。

细细看来，那并非杨花，星星点点，分明是离人晶莹的珠泪！

念奴娇·赤壁怀古

苏轼

大江东去，浪淘尽，千古风流人物。

故垒西边，人道是，三国周郎赤壁。

乱石穿空，惊涛拍岸，卷起千堆雪。

江山如画，一时多少豪杰。

遥想公瑾当年，小乔初嫁了，雄姿英发。

羽扇纶巾，谈笑间，樯橹灰飞烟灭。

故国神游，多情应笑我，早生华发。

人生如梦，一尊还酹江月。

《念奴娇·赤壁怀古》

赏析

滚滚长江东流而去，波涛翻滚，千百年来，淘尽了多少风流俊才。

故旧营垒的西边，人们说，那就是三国周瑜指挥作战的赤壁。乱石峭拔直耸云天，江涛呼啸拍打堤岸，层层浪花漫卷竞逐，仿佛汇聚千万堆白雪。

江山奇丽，一时间涌现出多少英雄豪杰！

遥想当年，绝代佳人小乔初嫁。周郎江山美人兼得，正是英姿勃发人生得意。

他玉树临风，手持羽扇头戴纶巾，谈笑之间运筹帷幄，举重若轻大败曹军，烧得敌船飞烟散尽。

而今我神游故国，暗笑自己一贯多愁，早早滋生了这满头白发如银。

人生犹如一梦，且洒酒一杯，祭奠江上明月升起！

蝶恋花·花褪残红青杏小

苏轼

花褪残红青杏小。

燕子飞时，绿水人家绕。

枝上柳绵吹又少，

天涯何处无芳草。

墙里秋千墙外道。

墙外行人，墙里佳人笑。

笑渐不闻声渐悄，

多情却被无情恼。

《蝶恋花·花褪残红青杏小》

花事已退，残红尚在，刚刚长出的杏子又青又小。

燕子悠然飞去，安居的人家被绿水环绕。

枝头柳絮越吹越少，且随它去，天涯随处都有萋萋芳草。

院墙里面架有秋千，院墙之外是人行便道。

人在墙外行走，听闻墙内秋千架上传来佳人的娇笑。

想要驻足稍留，那笑语却逐渐远去消逝了。

哎，我在兀自多情对方却全然不觉，真是令人烦恼！

卜算子·黄州定慧院寓居作

苏轼

缺月挂疏桐，

漏断人初静。

时见幽人独往来，

缥缈孤鸿影。

惊起却回头，

有恨无人省。

拣尽寒枝不肯栖，

寂寞沙洲冷。

《卜算子·黄州定慧院寓居作》

一弯残月恹恹悬挂于桐叶萧疏的枝梢，漏壶滴尽，更深人静。

依稀可见有位素人独自往来，形容幽怨，仿佛天边孤鸿，闪过缥缈的姿影。

黑夜之中，它仿佛受了惊吓，倏忽飞起，却频频引颈回头，似乎承载无尽哀怨，无人能懂。

在寒凉的枝杈间，它东飞西顾，却难选择一枝可供栖息，无奈只能降落于寂寞凄凉的沙渚。

临江仙·夜饮东坡醒复醉

苏轼

夜饮东坡醒复醉，

归来仿佛三更。

家童鼻息已雷鸣。

敲门都不应，

倚杖听江声。

长恨此身非我有，

何时忘却营营。

夜阑风静縠纹平。

小舟从此逝，

江海寄余生。

《临江仙·夜饮东坡醒复醉》

赏析

夜晚在东坡纵情饮酒，醉了又醒，醒而复醉，夜深方才尽兴，归来已是三更。

家童早入酣梦，鼻息雷鸣，我怎么敲门他都不醒。

索性拄着藜杖，且听奔涌翻腾的江声。

时常怨憎身不由己，无法率性而活，何时才能抛却眼下的蝇营狗苟，不再羁绊于名缰利锁？

真想趁着月明风清之夜，坐上小船悄然离去，从此自由自在、终老江湖！

定风波·莫听穿林打叶声

苏轼

三月七日，沙湖道中遇雨。雨具先去，同行皆狼狈，

余独不觉，已而遂晴，故作此词。

莫听穿林打叶声，

何妨吟啸且徐行。

竹杖芒鞋轻胜马，

谁怕？一蓑烟雨任平生。

料峭春风吹酒醒，

微冷，山头斜照却相迎。

回首向来萧瑟处，

归去，也无风雨也无晴。

《定风波·莫听穿林打叶声》

赏析

三月七日，在沙湖路上遇到下雨。拿着雨具的仆人已先行离去了，同行的朋友都很狼狈，只有我不觉得。不一会儿天空放晴，就写下这首词。

无需在意雨水洒落、穿林打叶的簌簌之声，

不妨一边浅吟慢啸，一边缓缓前行。

手执竹杖脚踩草鞋，简直轻捷得赛过马儿，怕什么！

一身蓑衣，风吹雨打照样度得此生。

春风料峭，把醉意吹醒，感觉丝丝寒冷。

雨却倏忽停了，一抹夕阳映出山头，正正将我们逢迎。

回首刚刚走过的寒凉萧瑟处，再继续晴光下的归程。

其实对我来说，本来就无所谓风雨，也无所谓天晴。

江城子·乙卯正月二十日夜记梦

苏轼

十年生死两茫茫，

不思量，自难忘。

千里孤坟，无处话凄凉。

纵使相逢应不识，

尘满面，鬓如霜。

夜来幽梦忽还乡，

小轩窗，正梳妆。

相顾无言，惟有泪千行。

料得年年肠断处，

明月夜，短松冈。

《江城子·乙卯正月二十日夜记梦》

赏析

十年生死茫茫，你我阴阳两隔。从来不需刻意念想，却始终总是难忘。

你的孤坟远在千里之外，我满心的凄凉无处可以安放。

纵使真能再得重逢，你也该认不出我了：如今我已满脸憔悴，两鬓生霜。

夜里突然做了迷梦，恍恍惚惚回到故乡。

看见你端坐小窗之下，正在细细梳妆，一如当年模样。

深情思念竟难诉说，你我彼此无语凝望，任凭千万行泪水缓缓流过脸庞。

想到月明之夜，短松冈上，你正长眠的山坡，就是我年复一年、每每肝肠寸断的地方！

江城子·密州出猎

老夫聊发少年狂，

左牵黄，右擎苍，

锦帽貂裘，千骑卷平冈。

为报倾城随太守，

亲射虎，看孙郎。

酒酣胸胆尚开张，

鬓微霜，又何妨！

持节云中，何日遣冯唐？

会挽雕弓如满月，

西北望，射天狼。

《江城子·密州出猎》

赏析

老夫我姑且抒发一下少年般的狂放，左手牵着黄犬，右臂持着苍鹰，头戴锦帽身披貂裘，率领上千人马呼啸而来，疾风漫卷般驰骋过广袤平展的山冈。

为了报答全城百姓倾城出动随我打猎的盛意拥趸，我要亲手射杀猛虎，像那孙权一样。

酒已酣醉，我胆气横生，心怀舒畅。

虽然不再年轻，两鬓已生微霜，却又何妨!

暗自期冀，不知天子何日会顾念到我，派遣使节持符前来，再度召我回朝呢?

我一定拼尽全力，拉满雕弓，朝向西北，奋力射杀犯我边疆的西夏虎狼。

满庭芳·山抹微云

秦观

山抹微云，天连衰草，画角声断谯门。

暂停征棹，聊共引离尊。

多少蓬莱旧事，空回首、烟霭纷纷。

斜阳外，寒鸦万点，流水绕孤村。

销魂。当此际，香囊暗解，罗带轻分。

谩赢得、青楼薄幸名存。

此去何时见也，襟袖上、空惹啼痕。

伤情处，高城望断，灯火已黄昏。

《满庭芳·山抹微云》

赏析

云影轻淡，缭绕山间。衰草苍茫，直接远天。城楼之上，角声断续，幽幽呜咽。先不忙着引桨离岸吧，且多逗留片刻，共饮这一杯。曾经多少欢爱缠绵幽期佳会，再回首时，都已付诸烟霭，纷纷散尽。夕阳西下，寒禽归飞，脉脉的流水环绕孤村。

神伤。销魂。悄悄拆分衣带、解下香囊聊以赠别，也无非徒然留下、风月场中风流薄幸的轻佻名声而已。这一离去何时方得再见？衣襟袖口，平白又沾染如许相思、粉泪啼痕。离别际，伤心处，放眼望，正黄昏。楼台高阁渐次消隐，万家灯火点亮，暮色已经深沉。

浣溪沙·漠漠轻寒上小楼

秦观

漠漠轻寒上小楼，

晓阴无赖似穷秋。

淡烟流水画屏幽。

自在飞花轻似梦，

无边丝雨细如愁。

宝帘闲挂小银钩。

《浣溪沙·漠漠轻寒上小楼》

赏析

踏着漠漠轻寒登上小楼。清晨天色沉郁，仿佛已至晚秋。

画屏之上，烟霭疏淡，流水淙淙，一派幽深宁静。

飞花自在轻舞，虚渺得恍若一梦；细雨漫天飘洒，纠缠着，

如同哀愁。银钩玲珑，闲闲地，将宝帘松松挽就。

鹊桥仙·纤云弄巧

秦观

纤云弄巧，飞星传恨，
银汉迢迢暗度。
金风玉露一相逢，
便胜却人间无数。

柔情似水，佳期如梦，
忍顾鹊桥归路。
两情若是久长时，
又岂在朝朝暮暮。

《鹊桥仙·纤云弄巧》

赏析

云彩轻盈，变幻莫测；流星飞驰，传情送恨。

迢遥的银河隔绝，我们踽踽宵行，来赴这场一年一度的约会。

在秋风白露的七夕良夜终得相见，短暂却饱满的幸福，已胜过人间无数的庸常琐碎。

柔情缱绻，一如脉脉的流水；幽欢苦短，仿佛还在梦里沉醉。

此刻鹊桥上万般缠绵，转眼又要各奔东西！

只能彼此劝慰：你我既然海枯石烂至死不渝，就不必去贪奢那些朝夕厮守、卿卿我我了！

踏莎行·郴州旅舍

秦观

雾失楼台，月迷津渡，
　桃源望断无寻处。
　可堪孤馆闭春寒，
　杜鹃声里斜阳暮。

驿寄梅花，鱼传尺素，
　砌成此恨无重数。
　郴江幸自绕郴山，
　为谁流下潇湘去？

《踏莎行·郴州旅舍》

赏析

雾气弥漫，消隐了楼台；月色朦胧，迷离了渡口。

举目远送，望及天涯，却不见通往桃源的去路。

更如何承受料峭春寒、脉脉斜晖？

唯见客栈冷寂，门庭掩蔽，天已黄昏，杜鹃悲啼，声声凄厉。

在驿站折梅远寄，托锦鲤鱼肚传书，切切关怀、殷殷探问

只能平添更多离愁别恨而已。

郴江啊，你本该环绕郴州奔流就好，为何却要不辞辛劳，

远赴潇湘而去？

卜算子·我住长江头

李之仪

我住长江头，

君住长江尾。

日日思君不见君，

共饮长江水。

此水几时休，

此恨何时已。

只愿君心似我心，

定不负相思意。

《卜算子·我住长江头》

我住在长江上游，你住在长江下游。

每天思念着你却不得相见，只能喝着这同一条长江的水。

江水奔腾，何时才能流尽？

此恨绵绵，何日才是止期？

惟有祈愿你我怀揣相同的心事，彼此相怜相惜，一定不要辜负满腔的相思情意！

蝶恋花·早行

周邦彦

月皎惊乌栖不定，
更漏将残，辘轳牵金井。
唤起两眸清炯炯，
泪花落枕红绵冷。

执手霜风吹鬓影，
去意徊徨，别语愁难听。
楼上阑干横斗柄，
露寒人远鸡相应。

《蝶恋花·早行》

月光分外皎洁，惊得乌鸦飞起，徘徊无定。

天欲破晓，更漏将尽，窗外传来摇动辘轳的汲水之声。

轻轻将你唤起，但见你双眸明亮，目光炯炯。

这一夜别泪未干，枕头已然湿透，红绵被也显得凄冷。

霜风中道别，执手相看，冷风吹乱了云鬓。

不忍离去，临行的话儿都是悲愁苦恨，有谁爱听。

楼上晨星寥落，北斗横陈天空，露渐深寒，人渐远去，只

剩鸡鸣应和孤单的身影。

关河令·秋阴时晴渐向暝

周邦彦

秋阴时晴渐向暝，

变一庭凄冷。

伫听寒声，

云深无雁影。

更深人去寂静，

但照壁孤灯相映。

酒已都醒，

如何消夜永！

《关河令·秋阴时晴渐向暝》

赏析

阴晴无定的秋日渐已黄昏，寂寞庭院骤然变得清冷。

孑然独立，听凄切的秋声，云霭深沉，看不见雁阵的影踪。

夜阑更深，人声散尽，万籁俱静，只剩孤灯照壁，衬托我愈发孤单的身影。

酒都已经醒了，该如何打发这漫漫长夜呢！

浣溪沙·楼上晴天碧四垂

楼上晴天碧四垂，
楼前芳草接天涯。
劝君莫上最高梯。

新笋已成堂下竹，
落花都上燕巢泥。
忍听林表杜鹃啼。

《浣溪沙·楼上晴天碧四垂》

赏　析

登上高楼，晴空万里，绿柳掩映，碧色匝地。

接天芳草自楼前一路铺陈而去，直抵天际。

从来登高就会怀远，劝你不要攀至最高的那一梯。

新出的笋芽如今已长成厅堂下的修竹了。

燕子筑巢，衔来落红的花泥。

伤春思归时节，更何忍倾听杜鹃声声"不如归去"的悲啼？

青玉案·凌波不过横塘路

贺铸

凌波不过横塘路，

但目送、芳尘去。

锦瑟华年谁与度？

月桥花院，琐窗朱户，

只有春知处。

飞云冉冉蘅皋暮，

彩笔新题断肠句。

试问闲情都几许？

一川烟草，满城风絮，

梅子黄时雨。

《青玉案·凌波不过横塘路》

赏析

曾经轻移莲步、娉娉袅袅、款款行走在横塘路上的佳人已

经远去，只撩拨起一缕似有还无的芳尘。

这些锦绣时光花样年华她将与谁共度？

是小桥月色深院花开，还是朱门重锁雕窗绣户？

——大约只有春风春色知道她芳踪何处。

轻云冉冉飞升，芳草岸边暮色降临。

挥动彩笔写下新鲜的哀愁、忧伤的词句。

若要问起到底有多少闲愁紫怀呢？

——恰似漫江的碧草萋萋，满城的烟柳风絮，以及黄梅时

节无边无际无止无休的绵绵细雨！

临江仙·夜登小阁忆洛中旧游

陈与义

忆昔午桥桥上饮，
坐中多是豪英。
长沟流月去无声。
杏花疏影里，
吹笛到天明。

二十余年如一梦，
此身虽在堪惊。
闲登小阁看新晴。
古今多少事，
渔唱起三更。

《临江仙·夜登小阁忆洛中旧游》

赏析

想当年午桥上欢宴，在座的都是豪杰英雄。

月色如水映照长河，又随着水波悄然流逝。

在杏树婆娑的花影里，饮酒吹笛，直到天明。

二十年时光溜走，恍若一场大梦。

此身虽然安在，回首往昔，却委实惊惧恍惚。

百无聊赖间登上小楼看天色初晴。

古往今来，多少沧海桑田世事沉浮，无非化作笑谈，湮灭于江上渔者的向晚歌声。

满江红·怒发冲冠

岳飞

怒发冲冠，凭栏处，潇潇雨歇。

抬望眼，仰天长啸，壮怀激烈。

三十功名尘与土，八千里路云和月。

莫等闲，白了少年头，空悲切！

靖康耻，犹未雪；臣子恨，何时灭。

驾长车，踏破贺兰山缺。

壮志饥餐胡虏肉，笑谈渴饮匈奴血。

待从头，收拾旧山河，朝天阙！

《满江红·怒发冲冠》

赏析

满腔悲愤难当，以至头发倒竖，冲顶着头冠。

凭栏伫立，潇潇秋雨刚刚消停。

抬眼远眺，仰天长叹，壮志豪情难以释怀，激烈奔突。

三十年建立的功名无非尘土，不值一提；八千里征战的路途伴云逐月，何谈艰苦！

不能就这般蹉跎光阴啊，待年华老去，空自悲叹，于事无补。

徽钦二帝被金兵掳走的奇耻大辱还没雪洗，身为朝廷臣子，一腔悲恨何时才能寂灭？

我愿驱驰战车，踏遍贺兰的每一寸山路。

壮怀澎湃，饿了就以胡虏人肉为食；笑对长风，渴了就以匈奴人血为酒！

且从头再来，收复失地、整顿山河，快马捷报向天子道贺！

卜算子·咏梅

陆游

驿外断桥边，
寂寞开无主。
已是黄昏独自愁，
更著风和雨。

无意苦争春，
一任群芳妒。
零落成泥碾作尘，
只有香如故。

赏析

驿站之外断桥之畔，一树寒梅寂寞开放，无人来赏。

天已黄昏，暮色苍茫，更有风吹雨打，它兀自开落，静静释放浅浅轻愁淡淡凄惘。

不屑于和百花争享春光，任凭群芳嫉妒去吧！

即使凋残零落，化作泥土，芳魂仍不飘散，芳香依然长在。

诉衷情·当年万里觅封侯

陆游

当年万里觅封侯，

匹马戍梁州。

关河梦断何处？

尘暗旧貂裘。

胡未灭，

鬓先秋，

泪空流。

此生谁料，

心在天山，

身老沧州！

《诉衷情·当年万里觅封侯》

当年，为了建功立业报效朝廷，我单枪匹马鹏程万里，远赴边疆戍守梁州。

而今，曾经的戎马生涯只能梦里重温，梦醒之时，陪伴我的唯有旧日征战的貂裘，尘封已久，颜色敝旧。

胡虏尚未剿灭，两鬓秋霜已生，眼泪兀自空流，壮志始终难酬。

今生怎能料到：我心还驰骋天山，身却老死沧州！

钗头凤·红酥手

陆游

红酥手，黄藤酒，

满城春色宫墙柳。

东风恶，欢情薄，

一怀愁绪，几年离索。

错，错，错！

春如旧，人空瘦，

泪痕红浥鲛绡透。

桃花落，闲池阁，

山盟虽在，锦书难托。

莫，莫，莫！

《钗头凤·红酥手》

赏析

昔日沈园相携同游，你酥手柔腻，把盏为我斟满黄藤美酒。

春色无边，万千杨柳在宫墙外婆娑起舞。

不料东风凶恶，天有不测，把你我的欢情蜜意吹得四散

稀薄。

经年离愁，满心积郁，无限萧索。错！错！错！

而今春色依旧，人却空自消瘦。

泪痕洇花了胭脂，绢帕也被濡湿。

桃花自在开落，楼台池阁如昨。

山盟海誓犹在耳畔，锦文书信却再难交托！莫！莫！莫！

鹧鸪天·陌上柔桑破嫩芽

辛弃疾

陌上柔桑破嫩芽，

东邻蚕种已生些。

平冈细草鸣黄犊，

斜日寒林点暮鸦。

山远近，路横斜，

青旗沽酒有人家。

城中桃李愁风雨，

春在溪头荠菜花。

赏析

乡间小道上，桑树柔韧的枝条刚刚抽出嫩芽。

东邻家中的蚕种有些已生出了蚕宝宝。

山冈平展，春草细密，小黄牛犊边啃着新草边撒着欢儿。

落日西斜，树林清寂，偶尔栖息着几只乌鸦。

群山层峦，有的在远处有的在近前；道路四通，有的横向

有的斜向。

青旗招展的屋檐下有卖酒的人家。

城中的桃李之花正一派愁苦，承受着风吹雨打吧，山野溪

涧边却春意盎然，热闹盛开着大片大片的荠菜花。

西江月·夜行黄沙道中

辛弃疾

明月别枝惊鹊，

清风半夜鸣蝉。

稻花香里说丰年，

听取蛙声一片。

七八个星天外，

两三点雨山前。

旧时茅店社林边，

路转溪桥忽见。

《西江月·夜行黄沙道中》

赏析

皎皎明月升上枝头，惊飞了树上栖息的喜鹊。

清风徐来，虽已夜半，蝉鸣还未消歇。

空中弥漫稻花淡淡的香甜气息，水畔里蛙声相和，似乎在
奔走相告即将到来的丰收之年。

月朗星稀，七八颗星子闲闲挂在天边。

山间酝酿了些许雨意，三两点雨珠突然打落下来。

记得土地庙的树林边有家小店曾投宿过，这不，走完山路，
转过溪桥，它果然映入眼帘。

永遇乐·京口北固亭怀古

辛弃疾

千古江山，英雄无觅，孙仲谋处。

舞榭歌台，风流总被雨打风吹去。

斜阳草树，寻常巷陌，人道寄奴曾住。

想当年，金戈铁马，气吞万里如虎。

元嘉草草，封狼居胥，赢得仓皇北顾。

四十三年，望中犹记，烽火扬州路。

可堪回首，佛狸祠下，一片神鸦社鼓。

凭谁问，廉颇老矣，尚能饭否？

《永遇乐·京口北固亭怀古》

赏析

江山如画，千古留存，却再难造就三国孙权那般的英雄人物。

当年的舞榭歌台而今犹在，风流俊杰却随着雨打风吹消失了影踪。

人们说斜晖之下这些长满草树的寻常巷陌，南朝宋武帝刘裕曾经在此居住。遥想往昔他统兵北伐，战功浩荡，何等勇猛威武！

可叹刘裕之子未承其父之风，而是好大喜功，效仿汉将霍去病北伐匈奴，却惨遭兵败草草收场，落得狼狈南逃又仓皇北顾。

我自南下已四十三年，扬州路上烽火连天的战乱光景至今仍然历历在目。真是不堪回首啊，如今佛狸祠下祭鼓喧天乌鸦欢腾香火鼎盛，人们只把它当作祠堂供奉，却早已忘记这里曾是北魏太武帝的行宫！

事到如今，还会有谁把我关注，派人前来探问：廉颇将军老了，饭量却还好么？

清平乐·村居

辛弃疾

茅檐低小，

溪上青青草。

醉里吴音相媚好，

白发谁家翁媪？

大儿锄豆溪东，

中儿正织鸡笼。

最喜小儿无赖，

溪头卧剥莲蓬。

《清平乐·村居》

赏析

茅舍的屋檐又低又小，溪水边生长着青青野草。

微醺之中，听到轻软的吴音互相逗乐闲聊，那白发苍苍的
老人是谁家的呢？

大儿子正在小溪东边给豆田锄草，二儿子忙着编织鸡笼，
最招人喜爱的是那个淘气的小儿子，他躺在溪边，剥莲子
吃呢。

青玉案·元夕

辛弃疾

东风夜放花千树，

更吹落、星如雨。

宝马雕车香满路，

凤箫声动，玉壶光转，一夜鱼龙舞。

蛾儿雪柳黄金缕，

笑语盈盈暗香去。

众里寻他千百度，

蓦然回首，那人却在，灯火阑珊处。

《青玉案·元夕》

赏析

元宵佳节，烟火璀璨，仿佛一夜东风吹来，万千花树争相盛开。

它们流光溢彩，风中摇曳，再纷纷坠落，如同细雨飘洒，又似繁星闪烁。

人语喧哗，熙来攘往，华丽的车马穿行街上。

箫声悠扬，月色流淌，鱼龙形状的彩灯彻夜舞动。

美丽的妇人们戴着考究的头饰盛装出行，一路欢歌笑语，衣袖暗香盈动。

我在热闹的人群中热切寻找她的芳踪，不经意间蓦然回首，却见她正荧荧独立，站在灯火寥落的幽暗处。

摸鱼儿·更能消几番风雨

辛弃疾

淳熙己亥，自湖北漕移湖南，同官王正之置酒小山亭，
为赋。

更能消、几番风雨，匆匆春又归去。

惜春长怕花开早，何况落红无数。

春且住，见说道、天涯芳草无归路。怨春不语。

算只有殷勤，画檐蛛网，尽日惹飞絮。

长门事，准拟佳期又误。蛾眉曾有人妒。

千金纵买相如赋，脉脉此情谁诉？

君莫舞，君不见、玉环飞燕皆尘土！闲愁最苦！

休去倚危栏，斜阳正在，烟柳断肠处。

《摸鱼儿·更能消几番风雨》

赏析

淳熙己亥年，由湖北调官至湖南。临行前，同僚王正之在小山亭间置酒为我送别，我写下这首词。

还能经得起几番雨打风吹？转眼之间，春天又将离去。珍惜春景，甚至不愿花开得太早，更可堪眼下已然绿肥红瘦，落英缤纷。春天啊，请不要这般行色匆匆，你难道没有发现，接天芳草早悄悄阻断你的归程？

——春却悄无一言，并不搭理我的殷勤之意。只有画梁雕栋间盘结的蛛网，还在徒劳地缠绕一些残花飞絮，如此这般，好让春色多耽留须臾。

苦守长门宫的阿娇日夜盼望天子驾临，一再拟算佳期，却终没等到皇帝再度宠幸于己。美人如花命运坎坷，从来都会遭人排挤妒忌。纵然不惜千金买来司马相如的名赋以寄相思，内心的万般愁苦又能向谁说去？

所以，正当得意的人儿啊，也不要太过长袖善舞了，你们难道没有看见，即使红极一时、万千宠爱集于一身的杨玉环、赵飞燕最终也无非化作了尘泥。只有无处寄托无以安放的万种闲愁最是摧折人心！切莫再去凭栏念远了，天涯辽邈，烟柳迷蒙，残阳如泣！

西江月·遣兴

辛弃疾

醉里且贪欢笑，

要愁那得工夫。

近来始觉古人书，

信著全无是处。

昨夜松边醉倒，

问松我醉何如。

只疑松动要来扶，

以手推松曰去。

《西江月·遣兴》

赏析

酒醉了且恣意欢笑，哪来闲愁的工夫！

最近才明白古书上所说的，果然全无可信之处。

昨夜喝醉躺倒松树旁，醉眼蒙眬中问松树："你看我醉得怎样？"

恍惚间感觉松树要来扶我，就伸手推去，不耐烦地喝道："走开！让路！"

水龙吟·登建康赏心亭

辛弃疾

楚天千里清秋，水随天去秋无际。

遥岑远目，献愁供恨，玉簪螺髻。

落日楼头，断鸿声里，江南游子。

把吴钩看了，栏杆拍遍，无人会，登临意。

休说鲈鱼堪脍，尽西风，季鹰归未？

求田问舍，怕应羞见，刘郎才气。

可惜流年，忧愁风雨，树犹如此！

倩何人唤取，红巾翠袖，揾英雄泪！

《水龙吟·登建康赏心亭》

赏析

南国清秋，千里长空澄静。江水澹澹流向天边，秋色愈觉辽阔深远。

极目远眺，山峦层叠，或峭拔或清丽，看去像是美人的玉簪或云鬓，平添我许多的伤怀忧愤。

落日斜挂楼头，孤雁声声悲啼，漂浪江南的游子，闲把宝刀细看，愁把栏杆拍遍，无人能够明了，我登高喟叹的百般失意。

不要再说此季鲈鱼正肥堪称美味了，西风已经劲吹，不知张季鹰归来了没？

我羁留江南并非是学许汜，求田问舍只为偏安一隅，面对刘备的德才伟略却也不禁心生惭愧。

白白蹉跎了这些盛景流年啊，一如桓温所说"树犹如此"，人怎么能够不逐渐老去？

该叫谁去唤来红巾翠袖的舞女歌姬？——好为我温柔擦拭这英雄落拓的伤心眼泪！

菩萨蛮·书江西造口壁

辛弃疾

郁孤台下清江水，

中间多少行人泪。

西北望长安，

可怜无数山。

青山遮不住，

毕竟东流去。

江晚正愁余，

山深闻鹧鸪。

《菩萨蛮·书江西造口壁》

郁孤台下奔涌不息的赣江之水，古往今来，一路夹带了多少行人的眼泪！

举目西北望向长安，只见层峦叠嶂，青山隐隐。

万重青山却也无法滞阻流淌的江水，碧水悠悠，毕竟终要向东流去。

天色向晚我正愁怀凌乱，更有鹧鸪悲啼，自青山深处，声声入耳。

丑奴儿·书博山道中壁

辛弃疾

少年不识愁滋味，

爱上层楼，

爱上层楼，

为赋新词强说愁。

而今识尽愁滋味，

欲说还休，

欲说还休，

却道天凉好个秋！

赏析

年少时候不懂人间愁郁滋味，喜欢登高望远，上了一层高楼，还爱再上一层，为作出一首新词而勉强地装作忧愁。

而今已经历尽人生的百般愁苦，却不想言说了，不便说不能说不如不说，能出口的反而是：秋高气爽，好清凉啊！

贺新郎·别茂嘉十二弟

辛弃疾

别茂嘉十二弟。鹈鴂、杜鹃实两种,见《离骚补注》。

绿树听鹈鴂。更那堪、鹧鸪声住,杜鹃声切。

啼到春归无寻处,苦恨芳菲都歇。

算未抵、人间离别。

马上琵琶关塞黑,更长门、翠辇辞金阙。

看燕燕,送归妾。

将军百战身名裂。向河梁、回头万里,故人长绝。

易水萧萧西风冷,满座衣冠似雪。

正壮士、悲歌未彻。

啼鸟还知如许恨,料不啼清泪长啼血。

谁共我,醉明月。

《贺新郎·别茂嘉十二弟》

赏析

与茂嘉十二弟作别。鹈鴃、杜鹃是两种鸟，《离骚补注》中有说明。

绿树丛中听伯劳声声，更有杜鹃悲切鹈鴃哀鸣，真叫人难以承受。

它们一直长啼，直至春尽，百花芳草也已枯萎凋残的时候。即使如此苦恨良多，却未能抵过人间的感离伤别啊！

王昭君怀抱琵琶远嫁塞外走马荒野；陈阿娇坐着翠辇辞别皇宫退居长门；在燕子翩飞的时节，庄姜依依不舍与戴妫道别。凡此种种，不胜言说。

大将李陵抗击匈奴身经百战，在势穷援绝中无奈归降异族以致身败名裂；李陵为终得归汉的苏武饯行，自知有生之年再无机会见面；萧萧易水边众人白衣白冠送荆轲赴秦，纷纷击节而和慷慨悲歌，明了壮士一去不再复还……
悲啼的鸟儿如果懂得人世之间的生离死别大痛大彻，涕泣而出的恐怕就不是泪水而是鲜血了！

你这一走，还有谁与我共饮达旦，醉赏明月？

破阵子·为陈同甫赋壮词以寄之

辛弃疾

醉里挑灯看剑，

梦回吹角连营。

八百里分麾下炙，

五十弦翻塞外声。

沙场秋点兵。

马作的卢飞快，

弓如霹雳弦惊。

了却君王天下事，

赢得生前身后名。

可怜白发生！

《破阵子·为陈同甫赋壮词以寄之》

赏析

醉酒之下为查看宝剑而挑动油灯，睡梦深处回到军营，看营帐连片听号角声声。

烧烤的牛肉分给部下，演奏的军歌正是塞外雄浑的曲风。

秋高气爽的天气，在万里沙场上盛大阅兵。

战马堪比的卢马，奔驰飞快。弓箭在弦如同霹雳，峥铮震鸣。

想要为君王了却收复河山的千古大业，成就生前身后的盖世功名。

可怜可叹的是大事未就，我白发已生！

踏莎行·燕燕轻盈

姜夔

自沔东来，丁未元日至金陵，江上感梦而作。

燕燕轻盈，莺莺娇软，

分明又向华胥见。

夜长争得薄情知？

春初早被相思染。

别后书辞，别时针线，

离魂暗逐郎行远。

淮南皓月冷千山，

冥冥归去无人管。

《踏莎行·燕燕轻盈》

赏析

从汉阳来，丁未年元日到达金陵，夜居江上，写下此词记梦。

体态轻盈，仿佛燕舞。声音娇柔，堪比莺歌。

夜里梦到你了，音容栩栩，伸手可触。

你人在远方，还在怨念我吗？

怨我薄情，不顾你夜长更深的孤楚？

怨春又来，相思生发，漫天席卷却诉无可诉？

自别之后，你的书信我一直随身携带，时常抚摩衣襟，上面有你缝制的针线。

想着你情思辗转，万缕牵缠，一路追逐我的行踪，意欲始终相依相伴。

今夜的淮南月华如水，寂寞流淌，无人在意无从留取，只是白白地、幽寂了万重山岚，也清冷了你的双肩。我多么心疼呵！

点绛唇·丁未冬过吴松作

姜夔

燕雁无心，

太湖西畔随云去。

数峰清苦，

商略黄昏雨。

第四桥边，

拟共天随住。

今何许？

凭阑怀古，

残柳参差舞。

《点绛唇·丁末冬过吴松作》

赏析

北方的鸿雁自在翱翔，在太湖西畔，相伴流云渐飞渐远。

数点寒峰默立，萧索愁郁，仿佛在酝酿一场黄昏暮雨。

真想追随着天随子陆龟蒙，在第四桥边隐居。

可如今他又在何处？我独倚栏杆缅怀千古，只见残柳参差，

飒飒随风，飞来飞去。

扬州慢·淮左名都

姜夔

淳熙丙申至日，予过维扬。夜雪初霁，荠麦弥望。入其城，则四顾萧条，寒水自碧，暮色渐起，戍角悲吟。予怀怆然，感慨今昔，因自度此曲。千岩老人以为有"黍离"之悲也。

淮左名都，竹西佳处，解鞍少驻初程。

过春风十里，尽荠麦青青。

自胡马窥江去后，废池乔木，犹厌言兵。

渐黄昏，清角吹寒，都在空城。

杜郎俊赏，算而今、重到须惊。

纵豆蔻词工，青楼梦好，难赋深情。

二十四桥仍在，波心荡、冷月无声。

念桥边红药，年年知为谁生？

《扬州慢·淮左名都》

赏析

淳熙年丙申月冬至这天，我路过扬州。夜雪初晴，城郊野麦和荠菜丛生。入得城中，放眼四望，一派萧索，河水寒碧，暮色渐生，城楼之上，号角悲鸣。我心下凄怆，感慨扬州城的今非昔比，遂自创这首曲目。千岩老人读罢，称赞此曲深得"黍离"之风。

扬州自古就是淮南东路的著名都市，在竹西亭这处风景佳地，我解鞍下马，初作停留。

当年春风十里的繁华市肆而今一派荒芜，放眼四望只有野麦疯长、荠菜青青。

自从金兵犯我长江流域烧杀掳掠之后，似乎就连城中废弃的池台和枯槁的老树都极度厌恶谈起那些战火兵祸。黄昏将近，枯城之上号角声起，凄厉寒楚。

风流俊逸的才子杜牧曾留下如许华章赞颂扬州的繁荣盛景，而今他若故地重游，必然也会被眼前的凋敝残败所震惊。即使具有杜牧那般描摹豆蔻芳华、歌咏青楼酣梦的生花妙笔，怕也难以抒写此刻心中哀伤愁怨的深情。

二十四桥依然还在，冷月的光影荡漾于碧水，幽寂沉静。

感念桥边的红色芍药，年复一年花叶繁复，究竟有谁来赏？又为了谁生？

风入松·听风听雨过清明

吴文英

听风听雨过清明。

愁草瘗花铭。

楼前绿暗分携路，

一丝柳、一寸柔情。

料峭春寒中酒，

交加晓梦啼莺。

西园日日扫林亭。

依旧赏新晴。

黄蜂频扑秋千索，

有当时、纤手香凝。

惆怅双鸳不到，

幽阶一夜苔生。

《风入松·听风听雨过清明》

赏析

听着风声雨声过完了清明，愁怀缭乱中掩埋了落花，再草草拟就一阕葬花铭。

画楼之前我们执手道别的地方如今已绿荫浓稠。杨柳依依，一缕柳丝，牵缠着一缕柔情。

春寒料峭，我喝着闷酒，不觉就醉了，想到梦中与你相见，无奈又被清晓的莺啼声唤醒。

每天都清扫西园的林亭。依然喜欢逗留于此，赏看雨后新晴。

蜜蜂儿不时扑打着秋千架，似乎架上还有你当时纤手盈握残留的幽香暗凝。

满怀惆怅，不见你芳踪再现，寂寞石阶，一夜青苔丛生。

虞美人·听雨

蒋捷

少年听雨歌楼上，
红烛昏罗帐。
壮年听雨客舟中，
江阔云低、
断雁叫西风。

而今听雨僧庐下，
鬓已星星也。
悲欢离合总无情，
一任阶前、
点滴到天明。

《虞美人·听雨》

赏析

少年时候在歌楼上听雨，笙歌饮宴醉生梦死，红烛摇曳罗帐昏沉。

壮年时候在客船中听雨，去国怀乡壮志难酬，江水浩荡云层低垂，失群孤雁秋风中哀啼。

而今在僧舍听雨，我鬓生银发，年华老去。

回首一生，悲欢离合，岁月一任雨打风吹，无非，这般，而已。

且彻夜长坐，管它檐下点点滴滴、淅淅沥沥！

霜天晓月·人影窗纱

蒋捷

人影窗纱，

是谁来折花？

折则从他折去，

知折去，向谁家？

檐牙，枝最佳，

折时高折些。

说与折花人道：

须插向、鬓边斜。

《霜天晓月·人影窗纱》

赏 析

窗纱上映出一个人影，是谁过来折花？

喜欢的话就随他折去吧，却不知折了要送给谁呢？

檐牙边的那枝最美，记得折得高一些哦。

想要告诉折花的那人：要在鬓角边斜斜地插起，这才好

看啦！

如梦令·常记溪亭日暮

李清照

常记溪亭日暮，

沉醉不知归路。

兴尽晚回舟，

误入藕花深处。

争渡，争渡，

惊起一滩鸥鹭。

《如梦令·常记溪亭日暮》

赏析

时常想起那次在溪亭游玩，天色将黑，依然兴高采烈不想回去。

终于玩累了，驾着小舟返程，不小心却迷了路，划到了莲池深处。

呀呀，该怎么才能划出来呢？

误打误撞地，惊扰到一群鹭鸟，呼啦啦飞起。

如梦令·昨夜雨疏风骤

李清照

昨夜雨疏风骤，

浓睡不消残酒。

试问卷帘人，

却道海棠依旧。

知否，知否？

应是绿肥红瘦。

《如梦令·昨夜雨疏风骤》

赏析

昨天夜里雨水疏狂风声急骤，我长睡醒来，酒意依然未能

消解尽透。

问起正在翻卷帘栊的侍女："院中花事怎样了？"

她回答道："海棠花还好好的。"

哎，粗心的丫头，你是不知道还是没发现呢？

经过一夜风吹雨打，定然落红无数，留下的多是绿枝罢了！

一剪梅·红藕香残玉簟秋

李清照

红藕香残玉簟秋。

轻解罗裳，独上兰舟。

云中谁寄锦书来，

雁字回时，月满西楼。

花自飘零水自流。

一种相思，两处闲愁。

此情无计可消除，

才下眉头，却上心头。

《一剪梅·红藕香残玉簟秋》

赏析

红色的荷花香消叶残，凉滑如玉的枕席间秋意滋生，正是
已凉天气未寒时候。

轻轻褪去绫罗外裳，独自登上小船，水面泛舟。

层云之间可会有你雁足传书？我对空长望，雁阵飞回时候，
无言的月光洒满西楼。

落花兀自飘零，绿水涓涓自流。

同是这一种相思，却惹得你我分别在两地空自哀愁。

这份紊乱的愁怀、无尽的牵缠没有办法可以消除，这不，
好不容易才刚舒展了眉心，它又已悄悄攀至了心头。

凤凰台上忆吹箫·香冷金猊

李清照

香冷金猊，被翻红浪，起来慵自梳头。

任宝奁尘满，日上帘钩。

生怕离怀别苦，多少事、欲说还休。

新来瘦，非干病酒，不是悲秋。

休休！这回去也，千万遍阳关，也则难留。

念武陵人远，烟锁秦楼。

惟有楼前流水，应念我、终日凝眸。

凝眸处，从今又添，一段新愁。

《凤凰台上忆吹箫·香冷金猊》

赏析

狮形铜炉中的熏香已燃尽变冷，锦被未叠，胡乱堆在床上，仿佛翻着红色的波浪。

慵懒地起床，也懒得梳妆。任凭珠宝奁匣布满浮尘，任凭日头悄悄爬过帘钩。

生怕离愁别恨，满腹心酸想要诉说却不忍开口。近来日渐消瘦，不是因为花下醉酒，也不为伤春悲秋。

罢了！罢了！你这回一去，即使唱上千万遍《阳关》离歌，也无法把你挽留。

想到心上人已经远走，剩下我独守暮霭空楼。

只有楼前这一道流水还会顾念我，整日枉自凝眸。

每一寸眼波流连的地方，至此之后，又平添了一段新愁。

醉花阴·薄雾浓云愁永昼

李清照

薄雾浓云愁永昼，

瑞脑消金兽。

佳节又重阳，

玉枕纱橱，半夜凉初透。

东篱把酒黄昏后，

有暗香盈袖。

莫道不销魂，

帘卷西风，人比黄花瘦。

《醉花阴·薄雾浓云愁永昼》

赏析

雾气凉薄，云层郁厚，整日愁绪缭绕无以排遣。

看龙涎香一点点燃尽了，在兽形铜炉中。

又是重阳佳节，枕着玉枕卧于纱橱，辗转反侧，夜半时分

但觉寒气袭来，凉意将我渗透。

天已黄昏，在东篱之下赏花饮酒。

暗香萦回，沾满我的衣袖。

别说没有悲伤忧愁啊，西风吹卷起帘栊，窥见帘内的人儿，

比黄花还要消瘦！

武陵春·春晚

李清照

风住尘香花已尽，
　日晚倦梳头。
物是人非事事休，
　欲语泪先流。

闻说双溪春尚好，
　也拟泛轻舟。
只恐双溪舴艋舟，
　载不动许多愁。

《武陵春·春晚》

赏析

风已停歇，花亦落尽，尘土中还有些许香气残留。

日色已晚，我却还倦倦地，无心梳头。

景物还是这般，人事却早变更，一切都已消退，一切无法挽留。

想要说点什么，却不禁有泪盈眶，深深哀痛。

听说双溪春光尚好，也打算前往泛舟赏游。

只恐怕那边的蚱蜢小船，无法载动，我这如许忧愁！

南歌子·天上星河转

李清照

天上星河转，

人间帘幕垂。

凉生枕簟泪痕滋。

起解罗衣聊问夜何其。

翠贴莲蓬小，

金销藕叶稀。

旧时天气旧时衣。

只有情怀不似旧家时！

《南歌子·天上星河转》

赏析

天上银河如练，斗转星移。

人间万籁俱寂，帘幕低垂。夜凉如水，泪眼婆娑，濡湿了
枕席。

慵懒起身，解衣欲睡，心下暗忖：不知夜色已深到何时了？
用翠羽贴成的莲蓬花样已经收缩变小，以金线织嵌的藕叶
图纹已浅淡稀疏。

还是旧时天气，还是当年罗衣，只有这凄惘的心情，再也
回不去从前的欢娱！

声声慢·寻寻觅觅

李清照

寻寻觅觅，冷冷清清，凄凄惨惨戚戚。

乍暖还寒时候，最难将息。

三杯两盏淡酒，怎敌他晚来风急！

雁过也，正伤心，却是旧时相识。

满地黄花堆积，憔悴损，如今有谁堪摘？

守着窗儿，独自怎生得黑！

梧桐更兼细雨，到黄昏点点滴滴。

这次第，怎一个愁字了得！

《声声慢·寻寻觅觅》

赏 析

茫然无着，东寻西觅，到处冷冷清清的，心里万分忧戚失意。

将暖却还寒凉的节气，最难以调养生息。

饮下三两杯薄酒，却如何能够抵御向晚时候西风迅疾！大雁飞过，凄楚间抬眼一望，却是我在北方旧曾相识的雁儿正在南回。

菊花落了满地，憔悴愁损，而今已无从采摘。

又能有谁和我一起摘取？

独自枯坐空窗之下，怎样才能打发这漫漫长日呢！

细雨敲打着梧桐枝叶，黄昏时分，淅淅沥沥，如诉如泣。

此情此境，怎是一个"愁"字可以道尽！